KB157865

한국 희곡 명작선 72

꽃가마

한국 희곡 명작선 72

꽃가마

김정숙

평민사

김정숙

꽃가마

《공연 이력》
극단 모시는사람들 2017
2017년 12월 15일~16일
과천시민회관 소극장

등장인물

늙은 가마꾼
젊은 가마꾼
환향녀의 남편 이승지
이승지의 처 초희
초희의 어머니 양지당
초희의 유모 어멈
이승지와 초희 아들 하길
노비문서와 자신의 목숨을 바꾼 막년
막년의 절름발이 남편 도치
매골승 埋骨僧
(조선시대 활인원 소속으로 시체를 매장하거나 화장하는 일을
함)

그리고
달을 품은 만삭의 여인

옛날에 옛날에~

1.

밤

사위가 고요한데 가마꾼이 가마를 메고 온다.

흐르는 땀

그 뒤를 미행하는 이승지.

가마가 비로소 멈추고, 이승지도 따라서 멈춰 가마일행을 엿본다.

초희 (가마 안에서 지친소리) 다 왔소?

늙은가마꾼 (이하 가마꾼 – 땀을 닦으며) 모릅니다! 다 왔는지 앞으로 더
가야할지 우리도 모릅니다.

초희 (소리) 여기가 어디요?

가마꾼 기다리면 압니다.

초희 (소리) 문 좀 열어주시오,

가마꾼 못 열어 드립니다.

초희 (소리) 아, 숨 막혀!

젊은가마꾼 (이하 젊은측 – 가마꾼에게 다가와) 저 여자가 환향녀요?

가마꾼 무슨 소리야, 환황녀가 뭐야?

젊은측 오랑캐에게 끌려갔다가 돌아온 여자 아니냐고?

가마꾼 아가리 조심해 이놈아!

젊은측 쉬쉬하면 누가 모를까봐, 아씨마님이 호로새끼 배갖고 왔
         으니 양반나리 꼴좋게 됐구먼.
가마꾼 너 이눔 아가리질 하는 거 보니 제명에 못 죽것다.

2.

이승지가 모르는 척 들어선다.
가마꾼이 일어서 승지를 맞는다.

가마꾼 아이구 나리 오셨습니까요.
이승지 음 그래, 누구 본 사람은 없고?
가마꾼 예, 미리 말씀하신대로 길을 돌아 와서 아무도 알아보지
         못했을 것입니다요.
이승지 어떤가?
가마꾼 (은밀한 척 다가와) 아까부터 답답하다고, 문을 열어 달라고.
이승지 (슬쩍 피하며) 이런, 삼거리주막에 가있게. 내 곧 갈 터이니.
가마꾼 (쫓아가) 저 드릴 말씀이.

가마꾼이 고갯짓을 하자
젊은 가마꾼이 자리를 피해준다.

가마꾼 (주머니에서 돈을 보이며) 몸뚱이는 하난데, 오라는 데가 많아

8

서 이 돈으로는 더 이상 모시기가 곤란하구먼요. 사실 오늘 밤만 해도 강 참판 댁에서도 부르고, 윤 대감 댁에서도 오라는 걸 나리가 하도 애타게 조르시길래 마다하고 왔습니다만. 품팔이루다 하루 벌어 하루 먹는 처지라 어쩔 수가 없습니다요, 아씨 어머님께서도 어멈을 보내서는.

이승지 허 이런, 품셈이 고약하구먼. (돈을 꺼내어 던져주며) 어서 가 있거라.

가마꾼 (돈을 건너보며) 아이구 목구멍이 포도청이라, 딸린 식구는 또 어찌 많은지, 제비새끼들처럼 아가리를 벌리고 이놈 손만 바라보고 사는지라.

이승지 이런 이런, (노려보며 돈을 세어 던진다) 어서 가 있거라!

가마꾼 (돈을 주워 들며) 나으리 조금만 더 생각해 줍쇼, 혼자 먹는 것이 아니고 저 젊은 놈하고 나누는 거라서, 사실 문제는 저놈입죠, 주둥아리가 가벼워서 돈으로 막아 놓지 않으믄 뭔 소리를 떠버리고 다닐지 모르니 허허 조금만 더 쓰시죠 나리.

이승지 이런, 이런 (다시 돈을 세어서 주며) 거저 주는 돈이 아니니 아이 놈 주둥아리 단속 잘 하고, 행여 일이 그르칠 시에는 네 놈 모가지부터 달아 날 줄 알아!

가마꾼 예, 예 잘 알겠습니다요.

이승지 (가마문을) 열어라!

가마꾼이 가마 문을 열어주고 젊은 가마꾼을 데리고 물러난다.

가마 속에 드러나는 여인.

이승지 (가마를 향해 부른다) 나오시오!

여인이 못 나온다.

이승지 (소리 높여) 어서 나오시오!

3.

초희가 나온다.
헝클어진 머리, 비루먹은 얼굴
찢어진 옷 사이로 속이 들여다보인다.

이승지 (고개를 돌리며) 꼬라지하고는, 그게 얼굴이요, 꼴이 그게
뭐요?

젊은 가마꾼이 몰래 돌아와 숨어 지켜본다.
초희가 이승지를 보고 절을 한다.

이승지 (외면하며) 절하지 마시오!
초희 (그래도 절을 한다) 그간, (말이 엉킨다) 그간 강령, 기체후

나리~

이승지 도대체 에미라는 사람이 이리 무심할 수가 있나, 어떻게 그 꼴로 돌아 올 생각을 한단 말이요, 이게 사대부의 여인 으로 할 짓이요!

초희 안 돌아와요, 안 돌아와~

이승지 여인의 정절이 생명보다 귀중하다는 것은 세 살 먹은 아이도 아는 터에 여성의 도리인 '부도'를 아는 것이요 모르는 것이요? 임진왜란 때 계향이는 왜놈들이 손목을 잡자, 손목을 자르고, 팔을 잡자, 팔을 잘라 버렸거늘.

초희 미안해요, (팔로 몸을 감싸며) 아 아파, 아~~

이승지 어휴~ 이놈의 팔자는 복도 지지리 없지. 아니 자네는 홍참판댁 열녀문 받은 소문도 못 들었는가? 그 댁 아씨는 몸을 더럽힌 즉시로 자결을 하고, 열녀문을 받아 가문에 큰 도움이 되었는데 어찌 자네는, 긴말 필요 없소. (품에서 유서를 꺼내어 준다) 자네 유서요, 지장을 찍으시오!

초희 (유서를 쥐고) 아파요, 많이 아파요 나 좀 의원에게 보여주오!

이승지 (못 보고 못 들은 척, 은장도를 던진다) 조상 전에 정조를 더럽힌 죄를 고하고 자결을 하였다면 세상 사람들이 자네를 열녀라 칭할 것이오.

초희 (헛구역질을 한다) 어억!

헛구역질을 하는 여자.
남자가 여자의 배를 발로 차려다 멈추고 분하여 발을 동동 구른다.

이승지 (당장이라도 밟아 죽일 듯 발을 들었다 놓으며) 에잇, 오랑캐를, 씨를 가지고 뻔뻔하게 살아오다니, 몇 놈이나 올라탔나? 에이 더러워라, 말해! 몇 놈이나 올라탔어? 몇 놈에게 짓밟혔는가 말야~

초희 (이리저리 피하며) 아이구 나리! 무서워, 아가, 아가 때리지 마세요!

이승지 도무지 왜 죽지 않고 돌아 왔는가 왜! 장모는 누굴 망치려고 오랑캐에게 속환금까지 갖다 바치고 자네를 데려 온 거지? 허허 이거야말로 불구대천지원수가 아닌가, 대체 누굴 죽이려고 살아 왔는가 말이야? (은장도를 쥐어 주며) 이제라도 자결하여 가문을 도우시오!

초희 (빌며) 잘못했어요, 하길이 보면 죽을 거예요, 장가가는 거 보고 죽어요.

이승지 자네가 미쳤는가? 하길이 장가가는 것을 본다니, 아니 미치지 않고서야, 이거야말로 자식의 앞길을 망치고 우리 가문을 몰락시키려고 작심한 것이 아닌가?

초희 아니야, 아냐!

이승지 그럼 (은장도를 쥐어 주며) 자결하시오!

초희 (매달리며) 아가랑 하길이랑 살래요, 집에 안 가요. 하길이랑 살아요!

이승지 (뿌리치며) 에이 더러워, 배속에 오랑캐 놈의 씨를 안고 살고 싶다니, 이리 뻔뻔할 수가, 세상이 뒤집어지지 않고서야 어찌 그런 말을 입에 올린단 말인가? 이거, 내 입이 더러워 말을 할 수가 없구만, 에이 퉤퉤퉤! 어서 지장 찍지 않고 뭐 하는 것이요!

여인이 놀라 손가락을 물어뜯어 피를 내어 지장을 찍는다.

이승지 (유서를 챙기며) 자결을 하면 가마꾼이 와서 자네를 발견하기로 하였으니 오기 전에 자결하시오!

초희 여보시오 나리 딱 한 번만, 제발, 하길이 한 번만 보고 죽을게요.

이승지 정신 차려, 하길이를 보면 자네는 살겠지만 하길이는 어찌 되겠소? 그 더러운 꼴을 보면 아이가 살겠는가 말이오, 과거는 볼 수도 없고, 평생 빌어먹는 파락호 한량으로다 살겠지. 그게 에미라는 작자가 원하는 것이요? 어디 자식의 효심을 방패막이로 구차하게 더러운 목숨을 연명하는 것이 소원이라면 그리 하시오.

초희 (도리질) 나 죽어요, 아가도 죽어요, 나 죽어요 하길이 살아요.

이승지 여보시게. (초희에게 다시 은장도를 쥐어주며) 똑똑히 들어. 자네가 사는 즉시로 우리 가문도, 하길이도, 나도, 다 죽은 목숨이요, 알겠소! 그래도 살 거야?

초희 (얼어서) 아니오!

이승지 자네가 에미인지 아닌지 봅시다. (나간다)

홀로 남은 초희

얼이 빠져 머리를 두드린다.

이리 비틀 저리 비틀 일어나 절을 하고

은장도를 치켜드는데

젊은 가마꾼이 몰래 달려들어 초희의 입을 막는다.

초희   (놀라 버둥대며) 아아아… 이… 사람… 살….

가마꾼이 저항하는 초희를 주먹으로 친다.

기절하는 초희

가마꾼이 메고 나간다.

문이 열린 채 덩그러니 놓인 빈 가마

매골승이 지나다 가마를 본다.

승   꽃가마냐, 꽃상여냐?

가마 안을 살펴본다.

가마의 낡은 장식이 부서져 내린다.

승   임자 없는 가마인가? (주위를 둘러보고) 안골이라면 저 짝인
가. (나간다)

4.

어멈이 초롱불을 밝혀들고 등장하는 뒤로
양지당 일행(노비 막년과 도치)이 따라 들어선다.

양지당 (뒤따르며) 불을 끄게, 누가 볼까 무서우이.

어멈 (얼른 불을 끈다) 예, 마님.

양지당이 달빛을 의지하여 가마로 간다.

양지당 (빈 가마를 살피며) 초희야 초희야~ 가마꾼이 틀림없이 여기
라 하던가?

어멈 예, 선산머리에서 나리하고 만나기로 하였다고 분명 들었
습니다요.

양지당 (주위를 살피며) 가마는 있는데 초희는 어딜 간 게야?

어멈 (주저하며) 저 마님, 가마꾼이….

양지당 (나쁜 예감) 가마꾼이 뭐?

어멈 아씨가 임신을 한 것 같다고.

양지당 (휘청) 아이쿠!

어멈 그래서 승지나리가 더욱 일을 서두른다고.

양지당 큰일이구면, 그예 하길 아범이 일을 저지를 모양인가, 설
마 벌써 일을 당한 건 아니겠지, 하길이에게는 사람을 보
냈나?

15

어멈 예, 마님.

막년 마님, 그럼 저는 어찌해야 하나요?

어멈 뭣을 어찌해?

막년 아씨가 임신을 하였다고 하시니, 그럼 품을 두 배로 받아야 하나유?

어멈 (기가 막혀) 뭐야?

도치 임자, 왜 이랴~

막년 (당당하게) 한 사람인 줄 알았는데 둘이라고 하시니까.

어멈 저년이 터진 주둥아리라고 말이면 다 말인 줄 알아!

막년 아니 뭐 오랑캐 씨라고 몸땡이에 써 붙이고 나오는 것도 아니고, (도치를 가르키며) 저 사람도요 누구 씬지 몰라요.

도치 이 여편네가 미쳤나, 너 왜 이려!

막년 아버님이 그랬잖아, 양반나리가 어머님을 거시기혀서 애를 가졌는데 당신을 낳고나서 그 댁 마나님한테 맞아 죽었다고.

어멈 (마님 눈치 보며) 어허 마님 계신데 그만하지 못해.

도치 그러니까 이년아, 그게 지금 무슨 상관이냐고.

막년 아씨가 아이를 가졌다고 하니까, 목숨이 두 개면 목아치 (몫)도 두 개 아니냐고!

양지당 (일갈) 네 이년!

막년 아이구 마님, 죄송합니다! 오늘 죽는다고 생각하니 저도 모르게.

어멈 그놈의 주둥이 찢어 놓기 전에 아가리 닥치지 못해.

양지당	그만하게, 한시가 급하네. 초희를 먼저 찾아야지. 애가 죽었는지 살았는지 모르는 판에.
어멈	예, 마님.
양지당	(나서며 막년에게) 네 마음을 모르는 것은 아니다만 대사를 그르칠까 걱정되니 경거망동을 삼가거라.
막년	예 마님, 저 노비문서는?
어멈	뭐야?
양지당	어멈, 주게!
어멈	그래도 일을 치른 후에.
양지당	지 목숨 값인데 죽기 전에 만져라도 보라고 어서 주게.

어멈이 보따리에서 노비문서를 준다.

막년	(손을 떨며 받는다) 아이구 고맙습니다, 아이구 고맙습니다!

막년이 노비문서를 펼쳐도 글을 볼 줄을 모르니,

양지당	이리 내거라 (문서를 보며 설명한다) 내가 너에게 70냥을 받고 도치와 그의 아들 지동이, 천동이를 모두 속량 – 풀어 준다는 문서다. (다시 준다)
막년	(겁먹고) 70냥이요 지가 돈을 드려요?
어멈	아이고 눈치코치는 뒷간에 버렸냐? 거짓으로 받았다 치고 이년아, 아무려면 네년 목숨 값이라 적으랴, 알아먹어라

이년아!

막년 (알아듣고) 아이고 예, 마님 고맙습니다. 고맙습니다.

도치 (얼른) 저희에게 그러니까 돈도 주신다고 했는데.

어멈 이 사람이! 일이 성사된 다음에 주기로 하였잖아, 도척 아 녀 왜들 이려!

도치 아 예,

양지당 어서 가세!

어멈 아씨 찾아보고 올 테니 꼼짝 말고 여기서 기다려!

도치 예, 예~

어멈이 양지당을 모시고 나간다.

5.

막년이 노비문서를 안고 바닥을 뒹군다.

막년 아이구 이제 됐다, 이제 됐어! 내 새끼들 이제 되었다! 천 동아 지동아 이제 되었다!

도치 어디 좀 보자 (받아 들고) 이 종이 쪼가리가 임자 목숨 값이 여? 에이!

도치가 노비문서를 잡아들고 찢으려는 시늉을 한다.

막년	(소리 지른다) 악!

막년이 얼른 달려와 도치에게서 노비문서를 빼앗아든다.

막년	(때리며) 이눔이, 이눔이, 이눔아 미쳤냐 이눔아!
도치	알았어, 그만해, 지레 죽것다.
막년	(흐느끼며) 이거 때문에 내가, 내 새끼들 면천 시키려고 내가 이눔아.
도치	알았어, 고만해라!
막년	나 죽으믄 너 정신 똑바로 차리고 살어라, 또 놀음하면 내가 귀신이 되서 쫓아 올 겨!
도치	고만해! 내가 임자 매품 팔러 다닐 때부터 알아봤어. 내가 말은 안 해도 이 가슴속이 시꺼매 이 웬수야!
막년	아이구 거짓말, 새장가 갈 생각에 입이 찢어진다 찢어져, 날 속여? 그래도 주막집 음전이는 안 돼!
도치	왜 안 돼?
막년	어이구 생각은 있네!
도치	읂어!
막년	가라 가, 죽으믄 끝이지, 음전이면 알고, 금전이면 모르것냐. 밑구멍이 찢어지게 가난해서 장가도 못간 놈 만나 상투 틀고 자식 보게 했는데 전생에 무슨 죄루다 목숨까지 팔아 댄다냐. (노비문서를 주며) 잘 간수해!
도치	(가슴에 잘 넣는다) 알았어.

막년	아씨 덕분에 우리 서방님 팔자가 피네.
도치	이제라도 물러!

막년이 가마 앞에 떨어진 은장도를 본다.

막년	어림도 없는 소리! (은장도를 집어든다) 쬐끄만 게 이쁘네, 은장도만 있고 아씨는 없고 이제 내가 아씨다! (가마 안으로 들어간다) 여기가 저승이네, 그럼 이제 죽기만 하믄 되나.
도치	그렇지, 그러믄 나는 불 지르고.
막년	(가마 안에서) 불을 왜 질러?
도치	아, 불에 그슬려 놓아야 다른 사람인 줄 모르지.
막년	그럼 나는 칼 찔러 죽고 또 죽네, 으이구 징그러! (얼른 나와서 문까지 꽁꽁 닫는다) 에이 숭해!
도치	죽으믄 뭘 알아!
막년	그렇것지, (칼을 주며) 좀 해봐~
도치	(피하며) 왜 이려~
막년	(골리듯) 복날 개새끼는 잘도 잡더만 찔러봐!
도치	(숭해서) 내가 언제 개를 잡아?
막년	(칼로 찔러보며) 장가는 가도 돼.
도치	(피하며) 허참.
막년	(칼로 자신을 찔러본다) 임자, 우리 천동이 지동이, 사람 만들어, 노름은 안 된다.
도치	어허 안 한다니까!,

막년   (칼 쥐어 주며) 어디 찔러봐!

도치   (해본다) 이렇게.

막년   (느껴본다) 아이구 간지러라.

도치   (성의껏) 이렇게.

막년   (진짜다) 야무지네.

도치   아퍼?

막년   (섭하다) 아푸네~

도치   (진실로) 이렇게 찔러 그럼?

막년   (화내며, 칼을 뺏는다) 하지 마!

도치   왜 화를 내?

막년   (칼을 대고) 너 똑바로 대라, 돈 받으믄 투전판에 가겠니? 가겠니?

도치   (밀치고) 갈 거야, 간다 내가! 돈 받으믄 당장 들구 뛸 걸!

막년   (칼을 던지며) 이래서 내가 못 죽어, 보나마나 자식들 다 거지로 만들 것이 뻔한데, 누구 좋으라고 죽어!

도치   그려 죽지 마! (가슴에서 노비문서를 꺼내 팽개치며)

막년   (노비문서를 주으며) 그러니까 이녘이 한 방에 죽게 찌르는 걸 알려 주라고.

도치   (칼을 들고) 그러니까 요렇게 찌르라고.

막년이를 잡고 가슴팍을 찌르려다 힘 조절이 안 되어 서로 놀라 멈춘다.

도치　아이구야!

막년　어메야!

놀란 두 사람 칼을 던지고 서로 끌어안으며

막년　(놀래어) 아이구야 나 죽을 뻔했다!

도치　안 찔렀어, 안 찔렀어, 괜찮어, 괜찮어!

막년　아이구 무서워~

도치　(안고 쓸어주며) 무섭지, 무서워, 어이구 안 무섭다 이제 안
　　무섭다!

부부가 부둥켜안고 운다.

도치　임자 도망가자!

막년　안 돼!

도치가 막년이 입을 막고 가마 뒤로 숨는다.

도치　(소리 낮춰) 저것이 뭐여?

막년　뭐?

도치　누가 칼을 들고 오는데.

막년　뭐여? 들켰나?

도치　일을 그르친 모양인데, 어떻게 하지?

막년	(노비문서를 배안에 넣으며) 이건 안 줄 거여. 우리 잘못이 아니잖어!
도치	잘 됐어, 핑계 김에 우리 도망가자! 너 죽고 나두 못 산다.
막년	지동이 천둥이는 어쩌고? 안 돼!
도치	일단, 지금은 이 죽을 자리서 내빼는 겨! (막년을 끌고) 어서 도망가자고! 들키면 우리만 죽을 판이야.

도치와 막년이 피한다.

6.

조심스레 칼을 들고 들어오는 하길
가마꾼들이 오자, 얼른 몸을 숨기고 가마꾼을 살펴본다.
젊은 가마꾼이 먼저 들어와
가마로 다가가 문을 열어 보려는데
늙은 가마꾼이 들어온다.

가마꾼	(젊은 가마꾼 보고) 뭐하냐?
젊은측	(얼른 떨어지며) 암 것도 안하는데, 으흠 어떻게 할 거요?
가마꾼	(뒤이어 들어서 가마를 보며) 가마가 아깝긴 한데 분부대로 해야지, 돈 준다니까.
젊은측	진짜 죽여요?

가마꾼	말조심해! 사고여 사고!
젊은측	엎어치나 메치나 그게 그거지, 반반하던데 내가 데리고 살까?
가마꾼	죽고 싶으면 곱게 디져라.
젊은측	말이 그렇다는 거지, 어디 구름재서 떨어뜨려요?
가마꾼	거 밖에 더 있냐? 가자! (가마로 가며) 어이구 우라질, 아씨 넘 서운해 하지 맙쇼. 나리 마님께서 아씨가 자결하기 어려우시면 도와드리라 하니.

하길이 칼을 들고 나온다.

하길	이놈들 물렀거라!
가마꾼	우라질, 이 천둥벌거숭이는 또 뭐여?
하길	(칼을 휘두르며) 이놈! 우리 어머니 어쩠느냐, 우리 어머니 내놓아라!
가마꾼	(피하며) 도련님 이거 왜 이러십니까요? 아버님이 분부하신 일입니다.
하길	(칼을 흔들며) 이놈들, 어서 어머니를 내놓지 못해!
가마꾼	(피하며) 하 도련님 다치셔요. (방백) 허 이거 참 잡아 팰 수도 없고, 밤 새게 생겼구만.
하길	(외친다) 어머니 저예요!, 하길이가 왔어요! 어서 나오세요 어머니! (칼을 휘두른다)
젊은측	(칼에 베인다) 아악!

가마꾼　　다쳤냐?

젊은측　　아이, 이걸 그냥 확.

가마꾼　　(보고) 우라질, 도련님 이러시면 아버님한테 경치십니다.

하길　　　오냐, 경치기 전에 너부터 당해봐라.

하길이 다시 칼을 휘두르며 달려오자
가마꾼이 막대기를 주워들고 막아선다.

가마꾼　　도련님 다치셔도 모릅니다!

하길　　　(찌르며) 뭐라고, 이놈이 감히!

젊은측　　(칼을 발로 찬다) 에이!

떨어지는 칼

하길　　　아야! (손목을 움켜 쥔다)

가마꾼　　(젊은측에게) 하지 마 이눔아!

젊은측　　가만두면 우리 목 달아나게 생겼는데

가마꾼　　그런다고 양반을 패냐, 죽을라고? (도령을 달랜다) 도련님 아
　　　　　　　버님 모셔 올 테니까 아씨랑 여기 계십시오. (젊은 측 상처를
　　　　　　　싸매며) 빨리 가서 꿰매야지. 덧나면 지랄이다.

달려나가는 가마꾼들
하길이 가마를 바라본다.

꽃가마 앞에 푹 엎어진다.

하길   (가마에 엎드려) 어머니, 어머니, 하길이가 왔어요 어머니!

꽃가마
감감
하길이, 가마문을 열어본다.
빈 가마∼

하길   (놀라) 어머니! (주변을 살핀다) 어머니 (찾는다) 어머니! 어디로
가셨지? 어머니, 어머니!

칼을 들고 찾아 나간다.

7.

꽃가마에
매골승이 시신을 메고 온다.

중   (몽환가 ―조선시대 불교가요)
꿈속일세 꿈속일세
세상만사 꿈속일세

천상락이 조타하되
삼계가 화택이니
그도 역시 꿈속이요~~

가마를 보고 시신을 내려놓는다.

중   (가마 안에 시신을 모시고) 잠시 기다리시오! (나간다)

8.

하길이가 초희를 업고 양지당과 어멈이 뒤따르며 들어온다.

초희   (신음한다) 아아 아파~
양지당   여기, 여기다가 어멈.
어멈   예, 마님.

어멈이 장옷을 펼쳐 자리를 만든다.
하길이 초희를 내려놓는다.

초희   (앙상하게) 아이구 아퍼, 나 아퍼!
하길   (조심하며) 예, 어머니 조심할게요
양지당   (주위를 살피며) 어멈.

어멈	예, 마님.
양지당	어멈은 누가 오나 살펴보게!
어멈	예, 마님 (나간다)
초희	(일어나며) 어머니 나 절 해야지.
양지당	나중에, 나중에 초희야.

매골승이 들어오다가 몸을 숨기고 이야기를 듣는다.

하길	어머니, 어머니 그간 얼마나 고생이 많으셨습니까?
초희	(서러워) 아이구 아퍼라.
하길	어머니 어디가 아프세요?
양지당	어휴 불쌍한 것 이 밤에 사당 안에는 왜 들어갔어!
하길	아버지를 피해서 숨었을 거예요, 저도 할머님 편지 받고 바로 오려고 했는데 아버님이 하인을 붙여 놓아서 간신히 도망쳐 나왔어요. 할머님, 어머니를 오랑캐 땅에서 돌아오게 해주셔서 고맙습니다.
양지당	(초희에게) 초희야, 너 끌려 간 후로 하길이가 우리 어머니 죽지 않고 제발 살아서 돌아오라고 하루도 빠지지 않고 치성을 드렸다.
초희	(운다) 우우우우 하길아.
하길	(같이 울며) 우우, 어머니 돌아와 주셔서 고맙습니다. 죽지 않고 살아서 돌아와 주셔서 고맙습니다. 저는 어머니가 행여 잘못되실까 얼마나 가슴을 졸였는지 몰라요.

초희	하길아 미안해.
하길	어머니.
초희	나 참고, 참고 또 참고 또 참아서 많이 참아서 너 보러 왔어. 미안해, 죽을라고, 죽을라고 그랬어. 근데 보고 싶어서 왔어. 미안해.
하길	아니에요 어머니! 어머니 죄가 아니에요. 어머니를 지키지 못한 제 잘못이에요, 이제 제가 어머니 지켜드릴게요.
양지당	그래라 초희야, 어여 정신 차리고 하길이와 함께 떠나거라.
초희	어머니 안 돼, 나 살면 하길이 죽어 안 돼, 가문도 죽고 다 죽어, 나 죽어야 돼! 하길아 나 귀신이야, 나 사람 아니야.
하길	어머니!
초희	(배를 때리며) 아가야 우리 저승 가자! 오랑캐 씨는 죽어야 돼! 우우우우 하길이 봤으니 이제 죽을 거야. (비틀거리며 일어난다) 네 아버지가 은장도 줬어. 은장도 어디 갔지? (막년이가 버린 칼을 찾아 든다) 에미가 죽을게! 하길아 너는 에미 생각하지 말고 잘 살아라!
하길	(울며) 어머니 이러지 마세요!
양지당	초희야, 아이구 내 새끼, (잡아 진정시키며) 너는 가문과 자식을 위해 죽는다지만 이 에미는 어찌 살란 말이냐~
초희	어머니 (운다) 어머니 우우우우!
양지당	초희야, 에이 나쁜놈들~ (눈물을 닦아주며) 초희야, 하길이가 제 어미와 살고자 하니 너도 죽는다 소리 그만 하고 자식

	과 함께 살 궁리를 해라.
하길	그래요 어머니, 어머니 저는 벼슬도 양반도 다 필요 없어요. 어머니 모시고 효도하면서 살 거예요,
어멈	(걱정 가득하여 들어오며) 마님, 막년이가 보이지 않습니다요. 아마도 도망을 간 듯하옵니다. 아유, 이것들을 그냥.
양지당	그냥 놔두게.
어멈	예, 놔두라니요 마님?
양지당	사안이 급박하여 내 잠시 판단이 흐려졌었네. 내 자식을 살리는 일에 남의 목숨을 제물로 바친다니 이거야말로 만불성설 –사리에 어긋나고 이치에 닿지 않으니 설령 실행한다 하였어도 그 악업을 장차 어찌 감당하겠는가, 그러니 그냥 놓아주게.
어멈	마님 그러면… 아씨는 어떻게.
양지당	여기는 원래 계획대로 내가 정리할 것이니.
어멈	(만류한다) 안 됩니다요 마님! 아이구 어떻게 마님이.
양지당	어멈, 자네는 아무 소리 말고 초희를 잘 보살펴주게.
어멈	아, 예 마님.
양지당	(초희를 어루만지며) 글 잘 짓고 어여쁘던 내 딸이 이리 반편이 되다니, 하길아, 할미 말 잘 들어라, 나는 분에 넘치게도 오복을 받고 태어나 호의호식하며 살았고, 자식 효도도 받았으니 더 바랄 것이 없구나. 이제 남은 육신으로 자식의 앞날을 밝히는 제물이 되고자 하니 너는 이 할미를 믿고 에미와 함께 떠나거라.

하길	할머니!
어멈	마님, 차라리 이년이 대신.
양지당	아닐세!
초희	(벌떡 칼을 들고 나서며) 안 돼! 나 살면 모두 죽어! 나 죽어야 해!
하길	어머니, 어머니 안 죽어요, 우리 안 죽어요!
양지당	초희야 칼 이리 내! (칼을 뺏으며) 제발 정신 차려, 이것아! 이 서방이 들이 닥치면 큰일이야.
초희	(어멈 뒤로 숨으며) 어멈 나 아퍼~
어멈	아이구 아씨!
양지당	하길아 어서 가거라! 어멈 어서 모시게.
하길	할머니!
어멈	마님!
양지당	초희를 잘 돌보아주게.
어멈	(울음을 삼키며) 예, 마님.
초희	(매달리며) 어머니 싫어 나 어머니랑 같이 갈래!
양지당	(사람들을 재촉한다) 그래, 에미도 갈 테니 어서 가거라!
하길	(등을 대며) 업히세요, 어머니.
초희	(업히며) 어머니 빨리 와아!
양지당	그래 어서 가~

하길이 초희를 업고 어멈을 따라 나간다.

9.

비손으로 보내는 양지당

양지당 (은장도 보며) 천지신명님 굽어 살피소서, 가여운 내 새끼 목숨을 부지하게 지켜주소서, 비나이다 비나이다. (품에 넣는다)
연지 찍고 곤지 찍고 꽃가마 타고
시집오던 날이 어제그제 같은데
인생살이 죄업만 지고 돌아가니 어이 할꼬
(수심가 중에서)
인생 일장춘몽이요 세상공명은 꿈밖이로구나~~

양지당이 검불을 주워 모으다가 중을 보고 깜짝 놀린다.

중 (큰 기침) 어험!

놀라 주저앉는 양지당
서로 마주 보는 두 사람
양지당이 삼배를 한다.

중 (가마로 가며) 나무아미타불 관세음보살, 갈 길은 저 짝인데 요 발이 나를 이짝으로 자꾸 데불고 와요. 허, 요런 인연이

기다릴 줄은 내 몰랐네.

양지당   (가마 앞에서) 비켜주시죠.

중   왜 가마에 불이라도 당기고 들어가 앉으실라고?

양지당   가던 길 가시죠 스님!

중   이리 만난 것도 인연일 터. (양지당의 검불을 맞잡으며) 시절 인연은 풀고 가야지.

양지당   (검불을 놓으며) 저는 스님과 맺은 인연이 없으니 풀 인연도 없습니다.

중   인연을 맘대로 푸는 사람이 칼은 왜 품고 있나?

양지당   칼을 왜 품고 있는지도 모르면 아무 말 마시고 가던 길 가세요.

양지당이 불을 당긴다.

중이 불을 끈다.

양지당   왜 이러십니까?

중   보살님 칼 그만 내려놓고 따님 찾아 가시라고!

양지당   못 갑니다.

중   허허 못 믿으시네, 오늘 밤 내가, 여길 오려던 게 아니었거든, 그런데 참 기가 막히지 이 밤에 보살님 앞에 있을 줄 누가 알았겠소.

양지당   저는 스님 오시라 한 적 없습니다.

중   오란 사람 없는데 이리 한데 모였으니 부처님 조화네!

양지당	부처님은 이년을 아신대요?
중	알지!
양지당	제가 왜 칼을 품고 앉았는지 아신대요?
중	다 알지!
양지당	(무너져 운다) 아이고 내 새끼 좀 살려 주세요,
	가여운 내 새끼 좀 살려 주세요,
	불쌍한 내 새끼 좀 살려 주세요
	인간고해 서러워 내 손으로 죽고자 하여도
	자식이 눈에 밟혀 차마 죽지 못하였습니다.
	부디 이 년을 잡아 가시고 내 새끼 살려 주세요!
중	보살님, 내가 똥 치워 드리고 깨끗하게 청소해 드릴 테니
	걱정 마시고 가!
양지당	제 자식은 제가 살립니다.
중	에미가 살아야 자식이 살지.

중이 가마문을 연다.
시신이 보인다.
놀라는 양지당

양지당	저, 저것이 무엇입니까?
중	불쌍한 시신이오.
양지당	시신이라니요?
중	이 여인은 본래 아들을 낳지 못하여 시댁에서 쫓겨났으나

출가외인이라 친정에서도 버림받고 오갈 데 없이 미쳐서
떠돌다가 굶어 죽은 가여운 영혼이요.

양지당   이런 세상에 불쌍해라,

중   (예를 갖추어) 소승은 본디 활인원 소속의 매골승으로서 혼
자 외로이 죽은 시신들의 장례를 치러주는데, 버려진 시
신을 모시고 가던 중에 우연히 보살님의 안타까운 사연을
접하게 되니 이것이 인연이 아니면 무엇이 인연이겠소?

양지당   나무아미타불 관세음보살.

중   이 죽은 여인으로 하여 살아있는 아씨를 대신하려 하오!

양지당   그리만 해주시면 저희 초희가 살겠습니다만 그리해도 될
까요?

중   가족들이 버렸는데, 보살님이 따님으로 삼아 주시면 죽은
영혼이라도 고마워 할 것이오.

양지당   나무관세음보살. 이제 곧 사위가 들이 닥칠 것입니다.

중   들어서 알고 있습니다.

양지당   사위가 영민하여 의심이 많습니다. (칼을 주며) 믿지 못하면
초희 어미가 주더라고 전해 주십시요!

중   알겠습니다. 보살님 이제 이 일은 제게 맡기고 아무 걱정
마시고 가십시오.

양지당   시신의 이름이라도 알 수 있을까요?

중   광녀로 떠돌아다닌지라 이름을 알 수 없소이다.

양지당   (시신을 향해 손을 모으고) 무명의 영혼일지라도 부모 자식인
연을 맺었으니 내 오늘을 잊지 않고 고마움의 제를 올려

드리겠소. 이제 이승 살이 설움일랑 훌훌 털어버리고 부디 극락왕생 하소서.

중 (합장) 나무아미타불 관세음보살.

양지당 (마주 합장하며) 스님 고맙습니다. 잘 좀 모셔주세요~

중 천수를 누리소서, 나무아미타불 관세음보살.

양지당이 삼배를 하고 나간다.

10.

중 나무아미타불 관세음보살. 요사이 눈만 감으면 조선 팔도 여인들이 달려와 하소연을 하길래 뭔 일인가 하였더니 구천을 떠도는 불쌍한 원혼들이 이 놈 손을 빌어 아씨 살려내라고 그랬네. (소릿조) 꿈이로세 꿈이로세 세상만사가 꿈이로세 (대사로) 죽어서도 덕을 베푸니 저승길이 밝아 좋다! 극락왕생 하소서!

검불에 불을 붙인다. 연기가 피어오른다.
은장도로 팔을 긁어 칼에 피를 묻히고 잘 보이는 곳에 둔 뒤
이승지 일행을 기다린다.

중 (염불) 나무아미타불~~

가마꾼이 소리를 치며 달려온다.

가마꾼   (소리) 불이야, 가마에 불났다! 불이야!

승지가 손에 유서를 들고 가마꾼들과 함께 달려온다.

가마꾼   (놀라며) 이런 우라질, 언놈이 가마에 불을 질렀어, 누구야? (아까워서) 가마, 어이구 어이구 가마를 어째~ 하아, (거짓말) 새로이 만든 것인데….

이승지   (중을 살피며) 네 이놈! 아니 이게 무슨 일이냐? 너는 누구길래 야밤에 남의 가마를 태우느냐? 자초지종을 바른대로 고하지 않으면 살아남지 못하리라!

중   소승은 매골승으로 가마에 시신이 있다하여 화장을 하고 있는 중이옵니다.

이승지   시신을 확인은 하였는가?

중   자결을 한 여인의 시신으로, 몰골이 참혹하여 시간을 지체하기 어려웠습니다.

이승지   누가 너에게 시신이 여기 있다 하던가?

중   초희어미라 들었습니다.

이승지   (놀라며) 초희어미! (가마꾼에게) 네 이놈!

가마꾼   아이고 나리, 저는 어멈이 하도 졸라대길래 아씨를 여기

로 모신다는 말만 전했습니다요

중　　　(은장도를 주며) 고인의 은장도입니다. 혹 아는 여인이신 지요?

이승지　(은장도를 받으며) 아, 이 피! 이것은 내 안사람의 것이 아 닌가!

중　　　나무아미타불 관세음보살.

이승지　(가마꾼을 보며) 가마꾼들에게 이 유서를 들려 보냈기에 불 안한 마음을 억누르고 달려 왔더니 이런 불상사가 있나.

가마꾼　(얼른 말을 받는다) 예, 예, 유서를 예~

이승지　(가마 앞에 엎어져) 여보시게 자네 이게 웬일인가~ 밤이나 낮 이나 나와 같이 부정한 여인이 살아 있는 것이 가문의 수 치라고 괴로워하더니, 그예 세상을 등지고 말았구려. 자 네 이러고 가면 남들은 천하열녀라 칭하겠지만 이승에 남 은 나는 어찌 살라고 이리 혼자 가버린다 말이오? 그대가 오랑캐에게 끌려간 뒤 심간이 에이고 애간장이 말라 내 가 먼저 죽겠더니 이제 자네 죽음을 대하고 보니 숨이 막 히고 기가 막히오. 금방이라도 엎어져 죽자 하여도 하길 이와 늙으신 어머니 봉양에 죽지 못하는 신세가 한스러울 뿐이오. 이제 나는 그대의 높은 정절을 세상에 알려 아녀 자의 귀감이 되게 하겠소.

가마꾼　(기다리다가) 나리, 가마 값은?

젊은측　사람이 파리 목숨도 아니고 그렇게 쉽게 죽나?

이승지　(큰소리로) 무엇이라! 이런 경을 칠 놈 같으니라고! 천한 상

것이 어딜 감히 양반을 능멸하느냐? 네가 진정 혼쭐이 나 보아야 정신을 차리겠느냐?

젊은측 (엎드리며) 소인은 그냥.

이승지 (화를 부려) 이런 주리를 틀 놈 어디 감히 말대꾸를 하느냐?

가마꾼 아이구 나리 고정하십시오, 저것이 도련님에게 칼을 맞아 지정신이 아니니 그저 용서해주십시오 나리.

젊은측 (빌며) 쉰네 죽을죄를 졌습니다요 나리.

이승지 (으름장) 아가리질을 함부로 했다가 제명에 못 살 것이니 비명횡사하기 싫으면 (손가락으로 입을 가리키며) 알겠느냐?

젊은측 (쩔쩔) 예, 알아 모시겠습니다요 나리.

가마꾼 고맙습니다요 나리, 이제 그럼 이제 관아로 모실깝쇼?

이승지 아 이런 이 내 정신 좀 보게 그렇지, 너희들은 지금 나와 같이 관아로 가자, (다짐을 준다) 너희들이 본 바대로 열녀가 난 것을 고해야 할 것이야!

가마꾼 (맞장구) 그럼요 나리, (다짐) 저기 가마 값은 제대로 쳐주셔 야 합니다요.

이승지 (중에게) 매골승이라 했나?

중 예 나으리.

이승지 내 활인원에 말을 넣어 상을 내리라 이를 것이다.

중 아이구 예, 나으리~

가마꾼 (답을 들어야) 나리가 모르셔서 그렇지, 가마가 한두 푼 드는 일이 아녀요, 나무 값이 솔찮이 올라서 곱절을 더 받아도 부족합니다요 나리.

이승지 이 사람, 알았네, 걱정 말고 가세!

가마꾼 아이고 고맙습니다요, 나리.

이승지와 가마꾼이 나간다.

젊은 가마꾼이 따라 나가지 못하고 가마와 스님을 바라본다.

젊은측 에이 퉤! 퉤! (침을 뱉는다) 내 악착같이 벌어서 그놈의 양반 사고 말 걸! 흥, 어디 두고 보자지. (중에게) 내 보기에 자결 할 사람이 아니던데 참으로 아씨가 자결을 하였수, 저거 빈 가마 아니요? (가마로 가며)

중 (목을 잡아 쥐고) 너 아까 사당에는 왜 들어갔니? 사당에서 뭐 했어 이눔아?

젊은측 (기겁을 해서) 아니, 누가 들을까 무섭네, 미쳤나, 내가 양반 네 사당을 왜 가겠소!

중 이 무지한 놈아. 살인자가 되어 무간지옥에 떨어질 것을 부처님 은혜로 구해주었으면 정신 차리고 앞으로는 죄짓 지 말고 살아 이눔아!

젊은측 (뿌리치며) 동냥질이나 하는 중놈 주제에 누굴 나무래. 네놈 이나 정신 차리고 살아라! 에이 퉤! 아가리질 했다가는 그 놈의 절 확 불 싸질러 버릴 테니~ (나간다)

중 허허허 나무관세음보살. (가마를 보며) 제명대로 못살고 원 통하게 죽었어도 염라대왕 문초를 받기 전에 대보살의 공 덕을 지으니 저승길이 꽃길이로구나~

가마에 불꽃이 피어 오르고

중이 동령(작은 종)을 흔들며 경을 외우기 시작하면

중   나무아미타불 관세음보살

(경을 외운다) 摩마訶하般반若야波바羅라蜜밀多다心심經경觀
관自자在재菩보薩살 行행深심般반若야波바羅라蜜밀多다
時시 照조見견伍오蘊온皆개空공 度도一일切체苦고厄액
舍사利리子자 色색不불異이空공 空공不불異이色색 色색
卽즉是시空공 空공卽즉是시色색 受수想상行행識식 亦역
復부如여是시

舍사利리子자 是시諸제法법空공相상 不불生생不불滅멸
不불垢구不부淨정 不부增증不불減감

是시故고 空공中중無무色색無무受수想상行행識식 無무
眼안耳이鼻비舌설身신意의 無무色색聲성香향味미觸촉法
법 無무眼안界계 乃내至지 無무意의識식界계

無무無무明명 亦역無무無무明명盡진 乃내至지 無무老노
死사 亦역無무老노死사盡진

無무苦고集집滅멸道도 無무智지 亦역無무得득 以이無무
所소得득故고 菩보提리薩살陀타 依의般반若야波바羅라
蜜밀多다

故고心심無무罣가碍애 無무罣가碍애故고 無무有유恐공
怖포 遠원離리顚전倒도夢몽想상 究구竟경涅열槃반
三삼世세諸제佛불依의般반若야波바羅라蜜밀多다 故고得

득阿아樓눅多다羅라三삼藐먁三삼菩보提리 故고知지般반
若야波바羅라蜜밀多다 是시大대神신呪주 是시大대明명
呪주 是시無무上상呪주 是시無무等등等등呪주 能능除제
一일切체苦고 眞진實실不불虛허
故고說설般반若야波바羅라蜜밀多다呪주 卽즉說설呪주曰
왈
揭아諦제揭아諦제 波바羅라揭아諦제 波바羅라僧승揭아
諦제 菩 모提지 娑사婆바訶하 (3)

불타는 가마에
암전.

12.

밝아지는 무대
타고 남은 가마에 꽃이 피었다.
만삭의 여인이 들어와
바위에 앉아 잠시 쉬어간다.

여인 여기 가마가 있네, (둘러보며) 누가 타고 오신 가마인가? 잠
시 앉아 쉬어 갈까~ (배안의 아이를 어루만지며 조용조용 빈다)
은자동아 금자동아 세상천지 으뜸동아

은을 주면 너를 사려 금을 주면 너를 살까
어마에게 보배동이 할매에게 사랑동이
이웃에는 귀염둥이 동네방네 재주동이
하늘같이 높은 아기 다 같이 어진 아기
산같이 크거라 바위같이 굳세거라
은자동아 금자동아 세상천지 으뜸동아
은을 주면 너를 사려 금을 주면 너를 살까
나라에는 충신동아 부모에는 효자동아
동기간에 우애동아 일가친척 화목동아
친구간에 신의동아 동네방네 귀염둥아
하늘같이 어질거라 땅같이 너릅거라
하늘에 구름일듯 뭉실뭉실 잘커거라
천태산에 폭포같이 줄기차게 잘커거라
금자동아 은자동아 ~~

꽃가마가 여인의 소리를 듣는다….
관객도 들었다~

끝.

한국 희곡 명작선 72

꽃가마

초판 1쇄 인쇄일   2021년 11월 25일
초판 1쇄 발행일   2021년 11월 30일

지 은 이   김정숙
만 든 이   이정옥
만 든 곳   평민사
          서울시 은평구 수색로 340 〈202호〉
          전화 : 02) 375-8571 / 팩스 : 02) 375-8573
          http://blog.naver.com/pyung1976
          이메일   pyung1976@naver.com
등록번호   25100-2015-000102호
ISBN   978-89-7115-786-2   04800
           978-89-7115-663-6   (set)
정   가   7,000원

이 책은 사단법인 한국극작가협회가 한국문화예술위원회의 2021년 제4회 극작엑스포
지원금을 받아 출간하였습니다.